KB130744

남실바람

한국의 단시조
0
3
2

남실바람

김귀례 시집

책만드는집

석류알 띄운 찻잔에
돛단배 같은 마음을 뉘면
햇살을 머금은 언어가
차곡차곡 쌓인다

청자에 학이 돌듯
고운 목소리 깃동 달듯
풀 한 포기 꽂힐 자리
자박자박 밟는다

2021년 11월
김귀례

| 차례 |

2부 마음 산책

3부   남실바람

4부　녹두꽃

1부

아주 조용히

아주 조용히

파도가 채근하고 바람이 다그쳐도

어머님 항구 같은 고요의 밤이 오면

별빛이 쏟아지는 소리 그 속에 홀로 있네

어치가족

베란다에 터 잡은 일곱 마리 어치들이

한 뼘 둥지에서 펼치던 대하드라마

일곱 개 알로 출연하여 떠나가며 막 내리다

여름 한 잔

매미의 목청 온도
한낮을 끓인다

청춘의 열정 온도
초록으로 풀어놓고

속 안을
뜨겁게 재운
수박 맛이 달달하다

사람

사람에게
사람 하나 들어오는 그 깊이

누군가의 아집도 누군가의 신념까지

요만큼 손금을 모아
거울 속을 닦는 일

차 한 잔을 마시며

오늘을 달여놓은 향 짙은 침묵을

한 모금 눈길 따라 속눈썹에 올려놓고

온종일 끙끙거렸던 자화상을 그린다

고래 등

공간에 갇혀있는 우물 안 개구리

굴절된 조리개로 한 치 앞을 맴도네

장애물 출구 넘으면 고래 등 오를 텐데

널브러진 꿈

장미는 능선 따라 꿈 올리기 바쁜데

어눌한 심상들이 파득이는 지느러미

긴긴밤 널브러진 꿈 함초로 솟고 싶다

바다 일기

바닷물 가만가만 모래 속에 숨어도

번뇌의 물결들이 일렁이며 다가와도

천지의 고요를 쓸고 허연 속살 내보인다

나이

보름달쯤 품에 안고 오는 이 누구인가

퍼즐 맞춘 저 자화상 찬찬히 보노라니

달큰한 고독 속에서 흐벅진 봄을 웃다

자장가

손주를 재우면서 주름 한 줄 펴고 있다

앵두처럼 고왔던 어릴 적 자장가는

울 엄마 손톱 밑에서 아직도 촉촉하다

그 섬

새색시 꽃가마를 아슴아슴 훑고 간다

끝 간 곳을 모르는 인생 고도 요양병원

시퍼런 삶의 절벽에 꽃신 하나 걸렸다

몽돌

땡볕에 몽돌 하나 민낯으로 살아간다

아등바등 채운 욕심 얄팍한 껍질 뚫고

별똥별 사라진 자리 들꽃 하나 피운다

하얀 바다

순백의 투망질로 숨비소리 쓸려 온다

오늘은 풍화되어 넘나드는 수평선

네 입김 뽀얗게 우려 물비늘로 저민다

도리깨질

천둥과 먹구름이 폭우를 끌어안고

단물 든 고운 햇살 실하게 익은 자리

익숙한 박자와 리듬 허드렛일 긴 하루

바람 한 점

들판에 풀어놓은 사각이는 댓잎 소리

어느 애기 초경인 듯 치마 속 소리 같다

그 봄날 그 속에 들어

따라오는 바람 한 점

한강 대교

아리수 열린 물길
햇살 걸음 눕히고

한강 다리 기둥마다
단단한 꿈을 달고

뜨겁던
그 무게들을
푸른 물에 헹군다

2부

마음 산책

마음 산책

어제를 끌고 온 끄트머리 생각들

연잎 속 한 장 한 장 차향으로 얹으면

발끝에 묻어온 향기 새벽 강을 건넌다

조약돌

미친 듯이 달려드는 그 물결을 믿어가며

성근 돌은 모래밭의 갈대와도 어울리다

해조음 천년의 노래 새살 돋듯 살아간다

물을 마시며

실없는 오해와 아름다운 이해까지

밥알이 뭉개진 지게미 같은 생각

이제는 호수가 되려 물 한 사발 들이켰다

멍때리기

실없는 생각들이
푸른 잎 갉아먹네

박제된 시간들이
세월까지 갉아먹네

마음귀
열린 사이로
길게 늘인 모가지

노을빛

설익은 한숨들은 잡풀처럼 적적한데

눈치 빠른 봄바람 솟을대문 세워놓듯

노을빛 얼큰히 취해 고운 눈빛 속삭인다

가는 길

하루가 짧다 해도

하루가 길다 해도

오는 길 몰라도 청산은 침묵하고

가는 길

묻지 않는다

서산에 합장할 뿐

저울

줄자로 재어보면 시름이 한 자 반

저울로 달아보면 근심이 서너 근

뵈는 것
뵈지 않는 것
가슴으로 삭이란다

첩첩산중

가슴에 돌을 쌓고 눈이 멀어 우는 새여

이 골짝 저 골짝에 내려앉은 별빛처럼

그리도 숱한 이야기들 그저 돌고 있을 뿐

사색의 다리

거룻배 걸터앉아 바람의 깃을 접고

먼 바다 표류해 온 시간의 뒷덜미

고샅길 물길을 따라 치자 향 헤어본다

염색

헛헛한 마음으로
발효된 붓을 세워

매운 세월
쓴 세월
꾹꾹 눌러 도배한다

한 가닥
새치마저도
정물화로 앉아있다

쭉정이

긴 시간 장롱 속에 깊숙이 숨겨뒀던

곰삭은 지난날은 쭉정이 뿐이더라

그래도 품어도 좋을 젊은 날의 추억들

안부를 묻듯

가뭄의 깊이를 짚어보는 물기인 듯

아픔의 넓이를 헤아리는 물약인 듯

한밤을 감아놓고서 내일 다시 제자리

매미

매암매암 네가 울고
엄마엄마 내가 울고

파란 하늘 하얀 구름
김삿갓 같은 날에

울음 속 가락에 젖어
점쳐보는 한나절

그대 그렇게 오라

두꺼운 벽을 뚫고
새어 드는 햇빛처럼

뻐꾸기 울음 같은
한 뼘 몸짓으로

그대여
그렇게 오라
나는 눈을 감을 테니

저문 날

상달이 잰걸음으로 가을을 스쳐 가면
정토가 어디인가 길잡는 기러기 떼
십이월 야윈 태양은 그리움을 불러낸다

3부
남실바람

남실바람

자귀꽃 아득한
수천 리의 바람길

썰물에 쓸려 갔다
밀물처럼 파고드는

하 많은 이야기들이
꽃살문에 흐르네

나비 한 쌍

바람도 숨어들어 만지는 이 없는데

그 봄의 문설주는 잎잎이 연지였다

정인의 고운 몸짓은 눈을 뜬 나비 한 쌍

하현달

보름달이 벗어놓은
옷가지를 쌓아두고

새색시 걸음으로
은빛 물결 굽어지면

저 혼자
돌아앉아서
기다림을 배운다

사는 일

선 긋기 거리 두기
박속같이 열어놓고

씨줄과 날줄 사이
무덤덤 풀어놓고

사는 일
눈치, 재치, 염치
빈칸들을 채우는 거

소식을 듣다

해 지고 달이 뜨고 물빛 섞여 도는데

백일홍 터질 때쯤 계절 끝을 몸살하다

잊었던 이름 하나가 백 일 동안 꽂히고

바람의 언덕

학이여
이런 날은 구름에 머물다가

한 자락
바람 되어 장대라도 흔들면서

솟대에
올라앉으면 하늘이 되리라

해 질 무렵

금빛 하늘 내려와 지그시 누른 호수

앞산은 부푼 배를 한 번 더 안아주고

온몸에 넘치는 전율 내일로 가는 비단길

내장사

귀먹은 바람까지 신선봉에 숨겨둔 채

무념한 목탁 소리 저 홀로 아픈 하루

단풍잎 끝자락 깔고 추억 한 줌 긁는다

가을

한순간 곁눈질 없는 열정의 구애처럼

한 걸음도 물러섬 없는 경쾌한 스텝처럼

쨍쨍한 가을의 몸짓 제멋대로 쏟아붓다

사랑이란

사랑이란 떫은 거 알고 보면 젖 내음

숨어 피는 나팔꽃이 흘려놓은 그 향기

그 여름 깊이를 울던 네 입술이 그립다

마음의 강

수심을 휘감을 땐
가락 하나 울리고

바람도 담아두면
탁주잔에 동동 뜨고

너와 나
화촉동방에
솟대 하나 세우리

오월

전달하는 사랑은
어느 것이 먼저이고

확인하는 사랑은
어느 것이 나중인지

공작새
꼬리를 펴다
한바탕 봄을 펴다

꿈길

감아도 훤한 길에
회오리 바람 인다

가끔은 들썩이며
묻어둔 독백들

낯선 길
하얀 미소가
숨소리에 취해있다

가을 소나기

고개 내민 볼우물
작달비 내리면

물기 묻은 그 한마디
시월을 서성이고

덤불 속
숨어 피던 꽃
나루질이 잠잠하다

숲길

알싸한 라벤더 향
바람에 풀어놓고
운무에 갇힌 새
휘파람새 불러 앉혀
너 닮은
자드락길에서
무심으로 듣는다

4부

녹두꽃

녹두꽃

황토현 희끗희끗 먼 향수를 칠한다

임의 흔적 품은 자리 가뭇없이 흩날리네

환하게 부서진 노래 새야 새야 파랑새야

시조의 향연

나뭇가지 걸린 달 둘도 되고 셋도 된다
행랑채 박꽃들이 불씨 물고 다니다가
시 한 줄 가는 허리에 고운 옷을 입힌다

엄마 찬스

댓바람에
천둥 치는 딸내미 전화 한 통

달콤한 목소리에
내 스케줄 날아갔다

냉기가
폴폴 풍기던
그 목소린 어디 갔나

비 개인 오후

비 개인 들판에 가느다란 바람 일고

여인의 세모시 자락 햇살에 흔들리고

빨간 꽃 노란 꽃들이 수줍게 일어섰다

첫 걸음

발바닥 들어 올린 저 서툰 배냇짓
구름 한 겹 걷어다가 바람 한 필 끊어다가
시윤이 품고 있는 산 첫 걸음을 보탠다

우리들의 외출

교정의 웃음소리 책가방에 숨어들어

자목련 붉은 절정 우쭐우쭐 춤을 춘다

오늘은 동창회 모임 하루가 너무 짧다

시집

침대 머리맡에
시집이 두어 권
마음을 담습니다
마음이 닿습니다
긴긴밤
함께하자며
까치발로 점을 찍고

봄날, 징읍

황소 꼬리 늘어지게 봄 햇살 느슨하고

병아리 옹알이하듯 굿판 벌린 정읍 천변

각설이 흥 한마당에 꽃들은 무등 탄다

채송화 필 무렵

장독대 앞에 서면 말을 잊어버린다

흥얼흥얼 어머님 염불 같던 한나절

채송화 꽃잎 벌듯이 둘레둘레 남은 말

길을 걷다

종달새 곁눈질에 굽이굽이 길을 트고
달달한 햇볕이 고물고물 햇살이
가슴속 한껏 버무려 뽀롱뽀롱 오른다

오늘

우리네 좁은 가슴 풀어놓을 수 없을까

나 그냥 네게 있고 너도 다시 내가 되고

담쟁이 기어올라서 아기 손을 벌리듯

가장의 끈

샐비어 끝물까지 그 한끝을 붙잡고

꼿꼿하던 관절 사이 칭칭 감은 해조음

아딧줄 참물 읽으며 끌고 가는 손수레

폭우

매미가 허물 벗듯
그렇게 벗고 왔어
아프고 쓰린 곳을
싸매지도 못한 채
그리운
사람들끼리
눈빛 주며 같이 왔지

갈대

이럴 때, 이쪽으로 눕고만 싶을 때

저럴 때, 저쪽으로 눕고만 싶을 때

바람이 불어오는 대로 마음을 싣는 너

용추폭포

용추폭포 내린 물
헐떡이며 흐르고
하늘도 그만 지쳐
눈매까지 뜨거웠다
가마솥
콩 볶는 소리
들끓던 지난여름

김귀례 시조의 문학 현상론적 해석

김봉군 가톨릭대학교 명예교수·문학평론가

1. 여는 말

시조의 나이는 어언 7백 세를 헤아린다. 이같이 오래된 시조는 우리 고전 문학의 32개 장르 중에서 21세기까지 살아남은 유일한 민족 문학 양식이다. K-문화에 세계인이 감동하기 시작한 이 시대에, 우리 언어 예술의 정화精華인 시조는 우리의 자부심을 한껏 북돋우는 자랑거리다.

김귀례 시인은 21세기를 여는 서기 2000년 여름에《시조생활》로 등단했다. 시력詩歷 22년이니 자랑스러운 일이다. 이번에 상재上梓하게 된 『남실바람』은 『해바라기 키 재기』에 이은 두 번째 시조집이다. 한 시인의 처녀 시집에는 설렘과 함께 조바심에 캥기는 긴장감이 깃들이게 마련이다. 그런데 두 번째 시집부터는 시상에 물이 오르고, 시적 에스프리에 영감이 서리며, 시어와 기교에 뿌다구니가 사원다.

45음절 안팎의 짧은 정형整形에 풍부한 감수성과 사유思惟의 우주까지 응축해 실어야 하는 시조는 원컨대 천의무봉天衣無縫의 무결점 형태미에 도달하기를 꿈꾼다. 이에, 김귀례 시인의 제2 시조집 『남실바람』에 대한 최초의 본격 독자인 평설자의 심미안에는 자못 실팍한 감동의 파문이 인다. 기쁜 일이다.

표제부터 고전적 감수성을 일깨우는 이 시조집의 작품 61수는 어떤 위상에서 창조적 진화의 수준으로 독자들의 감동을 환기하려 하는가? 이 평설은 시조시어, 서정과 색조, 어조, 어조의 특성 등에 비추어 문학 현상론적 평가를 하려는 뜻으로 쓰인다. 따라서 독자 반응 비평, 곧 수용미학受容美學의 관점이 이에 원용될 것이다.

2. 김귀례 시조의 수용 효과

문학 현상론은 '작가 – 작품 – 독자' 간의 역동적 소통 현상을 논하는 문학 비평 이론이다. 여기에는 작가 특유의 개성적인 '말하기 방식the way of saying'이 결정적인 기능을 발현한다. 시조 역시 시조다운 말하기 방식으로 써지며, 그것은 독자와의 소통을 효율화하는 데 최우선 가치를 두어야 한다. 상대를 몰각한 어떤 발화發話, utterance도 생명력이 없다. 시는 웅변과 다른 시인의 독백이라고 한 J. S. 밀의 말도 시의 어조tone를 연설, 논설의 그것과 준별하기 위한 충고일 뿐이다. 극언하면 S. 포터가 말한 바와 같이 사전이 단어의 공동묘지이듯이, 읽히지 않는 시조집은 시조의 분묘墳墓에 지나지 않는다. 따라서 시조 시인은 독자들이 읽을 시조를 써야 하며, 그럼으로써 독자와 시조를 매개로 하여 심미적 차원의 극적인 만남의 시공時空을 공유할 수 있게 된다.

시조는 우리 고유의 리듬에 모국어의 감각과 사유의 세계를 표출하는 '우리다운 말하기 방식'을 취한다. 그러기에 우리 고유의 전통시인 시조가 독자의 관심을 끌 유효한 방략만 부려 쓴다면, 어쩌면 문학 현상론적 소통의

길이 쉬이 열릴 수도 있다. 김귀례 시인의 이번 작품들은
그럴 가능성의 길을 트고 있는 것으로 보인다. 다만, 현대
세계 독자들의 심미안을 어떻게 충족시킬까 하는 문제는
우리 시조시인 모두에게 부과된 발전적인 과제다.

(1) 표제

시집과 시의 표제는 독자의 호기심을 유발하는 것이
좋다. 시조집의 표제는 대표작의 제목이나 시조 전체의
상징어인 경우가 많다. 개별 시조의 제목들은 천차만별
이나, 대개 작품의 소재나 제재·주제, 비유나 상징, 풍자
나 역설로 제시된다.

이 시조집의 표제 '남실바람'은 대표작의 제목이면서
주요 시적 모티브이기도 하다. 남실바람의 사전적 의미
는 '초속 1.6~3.3m로 가볍게 솔솔 부는 바람'이다. 얼굴
에 감지되며 나뭇잎이 흔들리고 해면에 잔물결이 일 정
도의 부드러운 바람이라 하겠다. 바람의 세기로 보아 실
바람(지경풍至輕風), 남실바람(경풍), 산들바람(연풍), 건
들바람(화풍和風), 흔들바람(질풍), 된바람(웅풍雄風), 센바
람(강풍), 큰바람(대풍), 큰센바람(대강풍), 노대바람(전
강풍), 왕바람(폭풍), 싹쓸바람(태풍) 등 열두 가지 바람

이 있다. 초속 0.3~1.5m의 바람이 실바람, 32.7m 이상인 바람이 태풍이다. 정인섭 작시, 현제명 작곡의 우리 가곡 〈산들바람〉은 초속 3.4~5.4m로 부는 시원하고 가벼운 가을바람이다. 김귀례 시인은 두 번째 강도強度의 잔잔하고 감촉이 부드러운 남실바람을 표제로 택하였다. 이 시조집의 특성을 가늠케 하는 표제어다.

아닌 게 아니라 제1부의 첫 작품 제목이 '아주 조용히'다. 제2, 3부도 '마음 산책'과 '남실바람'이다. 모두 남실바람 같은 유연한 감성으로 독자를 맞이한다. 제4부 '녹두꽃'만 역사적 비유의 강렬성을 함축했다. 대다수 시조의 제목들도 강렬성보다 부드러운 표정으로 독자에게 다가온다.

(2) 시어

김귀례 시인의 이번 작품들에서 만나게 되는 두드러진 특징은 감칠맛 나는 우리 고유어의 발굴과 절묘한 구사驅使다.

매미의 목청 온도
한낮을 끓인다

86

청춘의 열정 온도

초록으로 풀어놓고

속 안을

뜨겁게 재운

수박 맛이 달달하다

「여름 한 잔」이다. 이 시조의 감성적 특성을 '여름 한
잔'으로 표현했다. 가붓한 의사 진술擬似陳述이며, 상징성
을 띠었다.

순백의 투망질로 숨비소리 쏠려 온다

오늘은 풍화되어 넘나드는 수평선

네 입김 뽀얗게 우려 물비늘로 저민다

「하얀 바다」다. 해녀의 숨비소리와 물비늘 빛이 교차
하는 제주 바다에 수평선이 아스라이 펼쳐진 정경이다.

여기에 '물비늘'이 초점화해 있다. 물비늘은 공통어가 아닌 김 시인이 창안한 개인어idiolect다. 여기에 '저민다'가 개입하여 독자의 감성 지수를 높인다.

거룻배 걸터앉아 바람의 깃을 접고

먼 바다 표류해 온 시간의 뒷덜미

고샅길 물길을 따라 치자 향 헤어본다

「사색의 다리」다. 거룻배와 고샅길은 토속어이고, '먼 바다 표류해 온 시간의 뒷덜미'는 모국어의 절묘한 결속과 배열이다. '시간'을 활물화活物化하여 시각적 표상화에 성공한 예다.

헛헛한 마음으로
발효된 붓을 세워

매운 세월
쓴 세월

꾹꾹 눌러 도배한다

한 가닥
새치마저도
정물화로 앉아있다

「염색」이다. 머리 염색의 정경을 묘사한 시조다. 인생
의 간난신고艱難辛苦를 우리 고유어 '매운 세월/ 쓴 세월'
로 풀어 썼다. '발효된 붓'이니, 맵고 쓴 인생의 우여곡절
을 고이 삭혀 새 옷을 입히고도 남으리라. 붓이 발효되고,
새치마저 정물화로 앉은 회화적 표상이 절묘하다.

자귀꽃 아득한
수천 리의 바람길

썰물에 쓸려 갔다
밀물처럼 파고드는

하 많은 이야기들이
꽃살문에 흐르네

「남실바람」이다. 자귀꽃과 꽃살문이 토속적이다. 여름
날 자귀나무에 피는 분홍 꽃이 자귀꽃이고, 꽃살문은 문
이나 창에 꽃 모양으로 아로새긴 무늬다. 낯선 이 토속어
들로 인하여 독자들은 마음길을 내게 된다. 장미꽃, 칸나,
능소화 등 낯익은 여름꽃 대신 낯선 자귀꽃을 제시하여
소통의 동기 유발도를 높였다. 남실바람이 하고한 사연
들 환기하는 정경이 선연하다.

알싸한 라벤더 향
바람에 풀어놓고
운무에 갇힌 새
휘파람새 불러 앉혀
너 닮은
자드락길에서
무심으로 듣는다

「숲길」이다. 이 시조의 화자는 비탈진 숲길에서 휘파
람새 소리를 무심히 듣고 있다. 산비탈길이라 하지 않고,
낯설지만 정감이 서린 자드락길을 선택하여 독자의 마음

을 붙잡고 만다. '자드락밭'도 함께 알아둘 일이다.

　샐비어 끝물까지 그 한끝을 붙잡고

　꼿꼿하던 관절 사이 칭칭 감은 해조음

　아딧줄 참물 읽으며 끌고 가는 손수레

　「가장의 끈」이다. 샐비어는 가을에 꽃을 피운다. 샐비어꽃 끝물이면 겨울이 코앞이다. 손수레를 끌고 가는 가장의 관절마다 해조음 같은 고난이 칭칭 감기는 듯하다. 풍향을 맞추는 돛줄인 아딧줄과 밀물을 분별하듯 손수레를 끌고 가는 한 가장의 고단한 일상을 그렸다. 손수레를 끄는 노동을 뱃사람의 고투苦鬪에 비유했다. 독자들은 낯설면서도 정감을 환기하는 '아딧줄'과 '참물'을 주목하며 숙독할 일이다.

　시조 쓰기란 정채精彩 있는 우리 모국어를 시조 미학적 질서에 따라 배열하는 창작 행위다. 김귀례 시인은 낯설면서도 감칠맛 나는 모국어를 찾고, 이를 구사하는 일에 각별한 관심을 기울인다. 노작勞作의 성과가 현저한 시인이다. 독자들이 감동할 성과를 과시했다. 낯설게 하기 defamiliarization 기법의 첫걸음이다.

(3) 서정·색조·어조

김귀례 시인의 서정은 맑고, 색조는 부드러우며, 어조는 안온하다.

파도가 채근하고 바람이 다그쳐도/ 어머님 항구 같은 고요의 밤이 오면/ 별빛이 쏟아지는 소리 그 속에 홀로 있네
　－「아주 조용히」

사람에게/ 사람 하나 들어오는 그 깊이// 누군가의 아집도 누군가의 신념까지// 요만큼 손금을 모아/ 거울 속을 닦는 일
　－「사람」

오늘을 달여놓은 향 짙은 침묵을/ 한 모금 눈길 따라 속눈썹에 올려놓고/ 온종일 끙끙거렸던 자화상을 그린다
　－「차 한 잔을 마시며」

천둥과 먹구름이 폭우를 끌어안고/ 단물 든 고운 햇살
실하게 익은 자리/ 익숙한 박자와 리듬 허드렛일 긴 하루
　－「도리깨질」

미친 듯이 달려드는 그 물결을 믿어가며/ 성근 돌은 모
래밭의 갈대와도 어울리다/ 해조음 천년의 노래 새살 돋
듯 살아간다
　－「조약돌」

가슴에 돌을 쌓고 눈이 멀어 우는 새여/ 이 골짝 저 골짝
에 내려앉은 별빛처럼/ 그리도 숱한 이야기들 그저 돌고
있을 뿐
　－「첩첩산중」

보름달이 벗어놓은/ 옷가지를 쌓아두고// 새색시 걸음
으로/ 은빛 물결 굽어지면// 저 혼자/ 돌아앉아서/ 기다
림을 배운다
　－「하현달」

무작위로 뽑아본 김귀례 시인의 시조 일곱 수다.

세찬 파도와 바람에도 시의 화자는 안온한 어머님의 항구에서 찬연한 별빛의 세례를 받는 '홀로'의 자세를 지킨다. 홀로여도 어머님과 별빛이 있기에「아주 조용히」에 자족自足한다.「사랑」은 만만찮은 '다름'을 받아들이기 위한 심미적 윤리를 가만가만한 어조로 들려주는 자아상을 말했다. 일찍이 철학자 안병욱 교수는 남을 위한다는 것은 거울 속에 비친 제 모습을 닦는 일이라 했다. '만남의 윤리' 이야기다.「차 한 잔을 마시며」도 다르지 않다. 다도茶道란 참된 자아를 발견하여 갈고닦는 수행修行의 길이다.

「도리깨질」은 세찬 노동을 익숙한 박자와 리듬으로 승화하는 자아상을 보여준다. 흙바닥에 실하게 익은 햇살 알갱이, 곡물의 낟알들을 보라.「조약돌」에서 초장의 어조는 격렬하다. 중장에서 그 어조는 눅어지고, 종장에서 '새살 돋는 듯' 천년 노래가 살아난다. 어조가 안온하고, 마침내 맑은 색조로 귀결된다.「첩첩산중」의 초장의 서정은 중압감에 싸인다. 중장의 별빛을 매개로 하여 그 '돌들'은 '아름다운 체념'의 질서, 순리順理로 승화된다. 좌절이 아닌 초월의 미학이다. '지혜의 우주'를 맞이하는 '끄덕임'이다.「하현달」은 어떤가. 달빛과 은빛 물결의 은은

한 색조는 우리 민족 전통 미학의 대표적인 표상이다. 하현달을 보름달이 옷가지를 벗어놓은 것으로 뜻매김했다. 시의 화자는 그 옷가지를 고이 개켜 추슬렀다가 다시 내어 입힐 것이다. 달의 순환, 이지러짐과 차오름의 질서를 자아화한다. 진리는 기다림이다. 달의 원형적 상징archetypal symbol의 기능은 여성성, 우주와 인간 세계의 질서, 풍요, 섭리, 흥망성쇠, 영생, 재생, 조화, 융합, 원융圓融, 공명정대, 정화淨化, 외로움, 소외, 풍요, 시적 정취, 절개, 고독, 정한情恨, 평화, 변화, 천신, 조상신, 선비의 멋 등의 표상이다. 예외적으로 차가움, 냉혹, 사후의 땅을 표상하기도 한다.

　김귀례 시조의 서정과 색조는 밝고 어조tone는 안온하다. 어조란 작품의 소재나 독자에 대한 태도다. 그의 시조가 편안하게 읽히는 까닭이 여기에 있다.

(4) 말하기 방식과 이미지

　현대시의 말하기 방식은 들려주기telling보다 보여주기showing에 역점을 둔다. 김귀례 시조도 보여주기의 현대시 기법인 이미지 창조에 그 기량을 과시한다.

침대 머리맡에

시집이 두어 권

마음을 담습니다

마음이 닿습니다

긴긴밤

함께하자며

까치발로 점을 찍고

「시집」이다. 시집의 어떠함이나 화자와 시집과의 관계를 설명하지 않는다. 가까이 있는 시집을 높은 자리에 두고 늘 마음에 담아두는 양을 보여주고 있다. 시상이 서술적 이미지descriptive image로 표출된 예다.

가뭄의 깊이를 짚어보는 물기인 듯

아픔의 넓이를 헤아리는 물약인 듯

한밤을 감아놓고서 내일 다시 제자리

「안부를 묻듯」이다. 물기의 작은 실마리가 가뭄의 깊

이를 재는 척도가 되고, 물약 하나는 아픔의 깊이를 헤아리는 단서가 된다는 것이다. 한밤이 재어볼 삶과 인생의 깊이는 얼마인가를 생각하게 하는 시조다. 비유의 이미지metaphorical image로 표출되었다.

학이여
이런 날은 구름에 머물다가

한 자락
바람 되어 장대라도 흔들면서

솟대에
올라앉으면 하늘이 되리라

「바람의 언덕」이다. 학의 고아高雅한 이미지를, 구름의 높이와 바람 부는 날의 솟대 끝으로 이동시키면서 보여주는 시조다.

고개 내민 봉우물
작달비 내리면

물기 묻은 그 한마디
시월을 서성이고

덤불 속
숨어 피던 꽃
나루질이 잠잠하다

「가을 소나기」다. 여기서는 낯선 말 '작달비'와 '나루
질'의 뜻풀이가 중요하다. 작달비는 세찬 장대비이고, 나
루질은 사공이 나룻배를 부리는 일이다. 숨어 피던 꽃의
볼우물이 시월의 세찬 가을 소나기에 젖는다. 사공이 나
룻배를 부리듯이 꽃의 계절이 강을 건널 채비를 한다는
것을 비유적 이미지로 말하고 있다.

나뭇가지 걸린 달 둘도 되고 셋도 된다
행랑채 박꽃들이 불씨 물고 다니다가
시 한 줄 가는 허리에 고운 옷을 입힌다

「시조의 향연」이다. 자유자재한 시조의 창조적 변용의

세계를 '향연'을 꾸미는 일로 고양高揚하여 보여주는 작품
이다.

　　새색시 꽃가마를 아슴아슴 훑고 간다

　　끝 간 곳을 모르는 인생 고도 요양병원

　　시퍼런 삶의 절벽에 꽃신 하나 걸렸다

　「그 섬」이다. 김귀례 시조의 화자는 한 섬을 새색시 꽃
가마에 비유했다. 그곳은 종국적으로 인생의 고도孤島인
요양병원으로 귀결된다. 새색시의 꽃신은 '시퍼런 삶의
절벽'에 걸린 절박하고 비극적인 형국이다. 김귀례 시인
의 시조에서 모처럼 비극적 상상력을 만나는 장면이다.
그의 시조는 자주 시상의 비약을 통하여 심드렁해 있을
독자를 낯선 이미지의 세계로 인도한다. 낯설게 말하기
의 방식이다.

　　귀먹은 바람까지 신선봉에 숨겨둔 채

무념한 목탁 소리 저 홀로 아픈 하루

단풍잎 끝자락 깔고 추억 한 줌 긁는다

「내장사」다. 바람까지 귀가 먹어 산봉우리에 숨어 기척이 없는 적요의 시공時空을 채우는 것은 무념무상無念無想을 아프게 깨우치는 하루다. 가을의 표징인 '단풍잎'은 추억의 모티브로 심금을 긁는다. 굴거리 단풍이 불타는 내장산 사찰이 시조의 현장이다. 김 시인의 고향이니, 추억은 깊이 익었으리라. 서술적 이미지로 된 단풍의 시공에 가붓이 독자를 초대한다.

수심을 휘감을 땐
가락 하나 울리고

바람도 담아두면
탁주잔에 동동 뜨고

너와 나
화촉동방에

솟대 하나 세우리

「마음의 강」이다. 신랑과 신부의 혼인 초야의 의미와
표상을 '마음의 강'에다 실었다. 탁주잔을 놓고 마주 앉은
두 사람 사이에 강이 흐른다. 거기에 솟대_{蘇塗}를 세우겠단
다. 솟대는 우리 삼한시대의 치외 법권 지역이요 성역_{聖域}
이다. 역시 서술적 이미지 표상들이다.

실없는 생각들이
푸른 잎 갉아먹네

박제된 시간들이
세월까지 갉아먹네

마음귀
열린 사이로
길게 늘인 모가지

「멍때리기」다. 무념무상의 경지에 드는 것이 '멍때리
기'다. 소모적이고 비생산적인 잡다한 생각들이 생명적

인 것들을 훼손하는 것을 '푸른 잎을 갉아먹는 것'으로 구
상화具象化했다. 비유의 이미지다. '박제된 시간'도 마찬
가지다. 마음귀를 열고 목을 늘인 형상은 무념무상에 든
자의 형상이다. 독자들이 쉬이 공감할 이미지다.

> 발바닥 들어 올린 저 서툰 배냇짓
> 구름 한 겹 걷어다가 바람 한 필 끊어다가
> 시윤이 품고 있는 산 첫 걸음을 보탠다

「첫 걸음」이다. 갓 태어난 손자의 첫 걸음에 감동하는
회갑의 김 시인은 시조도 절정을 가늠한다. '바람 한 필'
의 '보여주기 시학'을 보라.

> 황토현 희끗희끗 먼 향수를 칠한다

> 임의 흔적 품은 자리 가뭇없이 흩날리네

> 환하게 부서진 노래 새야 새야 파랑새야

「녹두꽃」이다. 정읍 황토현은 동학농민운동의 피어린

102

전투의 현장이다. 정읍 출신 '녹두장군' 전봉준의 옛일을 상기한 시조다. 그의 거사는 실패했으나, 그 꿈은 '환하게 부서진 노래'로 남아 흩날리고 있다. 김귀례 시인이 이번 시집에서 역사적 상상력을 표출한 유일한 작품이다.

김귀례 시인의 시조시학은 현대적 미학으로 실히 무르 익었다. 서술적 이미지와 비유적 이미지로 현대시학적 '보여주기' 미학 실현에 성공했다.

3. 맺는 말

이 글은 시조가 32갈래였던 우리 고전 문학 장르 중에서 21세기까지 살아남은 유일한 고유의 자랑스러운 모국어 예술 장르라는 말로 시작되었다. 시조 시력 20여 년을 누려온 김귀례 시인이 이번에 상재하게 된 제2 시조집 『남실바람』은 이러한 시조 문학의 전통을 창조적으로 계승하는 현저한 한 성과다. 이는 제1 시조집 『해바라기 키재기』에 비하여, '말하기의 방식the way of saying' 면에서 괄목할 만한 성과를 보여준다. 이 평설의 의도는 독자 반응 비평의 역동적 소통 양상인 문학 현상론적 특성을 밝히는 데 있다.

시조집 표제가 된 「남실바람」은 다른 작품 「아주 조용히」 「마음 산책」 등과 함께 김귀례 시조의 특성이 '부드러움과 평온' 지향성에 있음을 암시한다.

김귀례 시인은 토속적이며 감칠맛 나는 고유어와 자신의 개인어를 구사하여 '낯설게 하기' 시학의 개성적 표출 효과를 높인다. 독자들에게 발견의 기쁨을 누리게 한 것은 시조 미학적으로 소박하나 유효한 한 방책이다. 그의 시조는 서정과 시상詩想이 맑고 질박質朴하며, 색조는 부드럽고 어조는 안온하다. 이 같은 특성은 미학적 함축의 깊이를 가늠하며, 낙관적·긍정적 지평에서 독자와의 '만남의 기쁨'을 누리게 하는 데 기여한다. 심미적 윤리의 효과다. 현대의 비극이 인간과 자연, 인간과 인간, 인간과 절대 진리와의 분리detachment로 인한 것인바, 김귀례 시조의 이 같은 만남의 비전은 자못 슬픈 이 시대의 시조들에게는 가멸찬 위안일 수 있다. 이런 위안은 늘 가만가만하고 요조窈窕로우면서도, 하고한 인생사를 실하게 갈무리하는 김 시인의 성품과 유관해 보인다.

김귀례 시조의 말하기 방식은 현대시적 모더니티를 수용하되, 그 비정성非情性과는 거리를 두며, 기교가 서정과 의미의 내포와 외연을 억압하는 일은 없다. 과유불급의 시학적 행보行步다. 그의 시조는 서술적 이미지 제시에 친근하며, 때로는 상징성을 띤 비유적 이미지 표출의 효과에 기댄다. 독자와의 소통을 위한 배려다.

김귀례 시인의 시조집은 요컨대 순수 서정의 향연에 갈음된다. 단지 「녹두꽃」 한 수만이 그의 특유한 향토사인 동학농민운동에서 취재한 것으로, 역사적 상상력의 편린이다.

김귀례 시인의 제2 시조집 『남실바람』은 그의 창작 역량을 한껏 격상시킨 가편佳篇들로 엮였다. 이는 세계전통시인협회와 이 땅 시조시단에 전하는 한 낭보朗報다.

시조집 발간을 기린다.

김귀례

전북 정읍 출생. 2000년《시조생활》신인문학상으로 등단.
서울문예상(2010), 한국시조협회 문학상 작품상(2016), 세계전통시인협회
공로상 본상(2018), 제2회 포은시조문학상 본상(2018), 시천시조문학상
(2020), 제8회 대은시조문학상 본상(2021) 수상.
세계전통시인협회, 한국시조협회, 강남문인협회 이사, 한국문인협회 평
생교육운영위원, 국제펜클럽 한국본부, 한국시조시인협회, 한국여성문학
인회 회원, 강남문화원 강남문화해설사(2014), 한국문인협회 제11회 시
낭송지도자(2019) 취득.
토함 동인지『심방心房에서 새어 나온 이야기』외 다수.
시조집『해바라기 키 재기』『남실바람』등 출간.
sijo100@hanmail.net

남실바람

—

초판 1쇄 2021년 11월 15일
지은이 김귀례
펴낸이 김영재
펴낸곳 책만드는집

—

주소 서울 마포구 양화로3길 99, 4층 (04022)
전화 3142-1585·6
팩스 336-8908
전자우편 chaekjip@naver.com
출판등록 1994년 1월 13일 제10-927호
ⓒ 김귀례, 2021

—

—

ISBN 978-89-7944-779-8 (04810)
ISBN 978-89-7944-513-8 (세트)